La revolución de los teachers

Joe Agront

flamboyán

© Joe Agront, texto.
© Ediciones del Flamboyán, 2020.
P.O. Box 16663
San Juan, Puerto Rico, 00908
email: edicionesdelflamboyan@gmail.com
web: www.edicionesdelflamboyan.com

Diseño y maquetación: Ediciones del Flamboyán
Corrección y edición: Lucía Orsanic y Jorge Fusaro Martínez
Arte de la portada: Jorge Fusaro Martínez

I.S.B.N.: 978-1-7360195-0-4

Hecho en San Juan, Puerto Rico

Impreso en Puerto Rico.

Prólogo

El trabajo del pedagogo puertorriqueño lleva consigo muchos retos. En instancias, se pueden hacer anécdotas sobre los elementos gratificantes de dicha labor. No obstante, estos están atados a varios planes, intentos, ejercicios y luchas cuyos frutos no suelen traer la satisfacción inmediata que muchos quisieran y añoraran. Antes de iniciar su profesión en el magisterio, el pedagogo del sistema público de enseñanza debe obtener estudios subgraduados en Educación con un nivel y disciplina de especialidad. Al final de sus estudios graduados, debe realizar una experiencia clínica en un laboratorio instruccional con un maestro supervisor y sus estudiantes. Este estudiante, quien está realizando la experiencia clínica, debe contemplar a la misma vez el estudio de su examen de reválida para la certificación estatal. Dependiendo de su área de estudio y nivel, varía el costo del examen y el tiempo que le tomará. Si eres un maestro de inglés, por ejemplo, tomarás 4 exámenes. Tres de estos exámenes serán estandarizados y uno de ellos estará administrado por un representante del Departamento de Educación.

La narración de los componentes del examen para la certificación de los maestros de inglés puede sonar rigurosa, en vistas a asegurar la calidad de las condiciones de trabajo y de instrucción. Cuando el solicitante llega a los últimos componentes de la certificación del examen, sorpresivamente se topa con que tiene que evidenciar que sí sabe inglés, a pesar de haber realizado estudios en la materia. En algunas instancias, quien administra este último componente parece una reencarnación del famoso personaje de la antología de cuentos, Terrazo, de Abelardo Díaz Alfaro, Peyo Merced. En las entrevistas de empleo para el puesto de maestro también aparecen otros parientes de este personaje, quienes exigen el dominio del idioma que ellos mismos poseen. Y así, con este escenario, algunos maestros comienzan su profesión como pedagogos.

—¿Podemos llevar esta entrevista en inglés para saber si dominas el lenguaje? —pregunta la entrevistadora—.

—Por supuesto —contestan muchos de los que están en este proceso de búsqueda de empleo—.

—Güat let chu to bein interestet in dis posichon? —pregunta la entrevistadora. Ignorando su escaso dominio de la pronunciación anglófona, la maestra contesta:

—Well, I've always admired the accomplishments of this school. When I saw the career positing, I felt that I needed to apply!

La entrevistadora la mira seriamente, mientras la maestra se tortura sobre si hay algo en su apariencia que le desagrada a esta persona. "¿Por qué me mira así?", se pregunta internamente la maestra. Luego de media hora la entrevista, le dicen a la maestra que le avisarán los próximos pasos. La maestra se autocastiga porque es una recién egresada de un programa de preparación de maestros, no posee 10 años de experiencia laboral ni ha completado el proceso de certificación del Departamento de Educación por retrasos burocráticos. Llora en casa de sus padres desconsolada. Se crea la idea de que tendrá que trabajar en algún comercio de comida rápida, quizás el que se encuentra al lado de su casa. Al cabo de unos meses, la directora de la escuela la contacta y le anuncia con mucho júbilo que la contratará bajo servicios profesionales. La gran oferta de empleo incluye un pago mensual de $800.00. "¡Una ganga, ya que aún no has completado el proceso de certificación y no tienes experiencia laboral como maestra!". Ochocientos dólares mensuales, de los cuales la maestra le tendrá que restar los que debe aportar al seguro social y al Medic Care. Esto es sin contar la sorpresa de los cientos de dólares que gastará en materiales instruccionales para poder dar su curso de inglés a estudiantes de noveno y décimo grado. Cabe mencionar que aún la maestra, solo cuenta con la experiencia de su clínica pero no posee experiencia impartiendo un curso sola. Por ende, aún no ha confrontado padres, administradores ni ha sido objeto de críticas de sus amistades, quienes creen que el magisterio es un carnaval. "Ay, no hay que llorar/que la vida es un carnaval/ que es lo más bello vivir cantado".

Poco después de graduarse y con aspiración de enriquecer su vida profesional, la maestra solicita a programas graduados. Allí descubre que puede ser asistente de investigación y cátedra. La paga de estos programas de estudio y trabajo es mejor que la de servicios profesionales. También son menos horas. La oferta es tentadora. Ya la maestra no tiene que lidiar con administradores conservadores, quienes le exigen callar sus ideales, sexualidad y filosofía educativa. Tampoco tiene que enfrentarse a estudiantes quienes alegan que no necesitan saber inglés porque su futura carrera no lo requiere. Mucho menos se verá tentada a retar el estudiante preguntándole, solo para recibir una contestación como: "Obvio que no necesitaré saber inglés. Yo voy a ser representante de

Guaynabo por el penepé". Quizás lo más liberador para la maestra será no tener que escuchar a las madres justificando el bajo desempeño de sus hijos.

Existen condiciones trabajo para los pedagogos puertorriqueños que indignan. Desde el 2010, cuando se graduó la maestra de esta anécdota, Puerto Rico cuenta con menos de 855 escuelas públicas. Esta cifra ha reducido como consecuencias de los terremotos que han impactado los municipios del suroeste (Balingit, 2020). Antes delos temblores que han impactado estos municipios desde diciembre de 2019, varias escuelas aún enfrentaban los resabios de los huracanes Irma y María en el 2017. En el tercer mes de 2020, las escuelas del país cerraron. Sus maestros y estudiantes tuvieron que transferir sus planes, actividades y evaluaciones a plataformas en línea. A pesar de que esta transición suena fácil, en Puerto Rico los estudiantes del sistema público de enseñanza carecen de acceso a Internet. En muchas instancias, los maestros y maestras también. A pesar de que el Departamento de Educación alega que ha provisto las condiciones a través de talleres de desarrollo profesional para poder llevar a cabo este proceso, son pocos los pedagogos y estudiantes que gozan de una conexión de banda ancha para poder cumplir con las demandas del DEPR (Balingit, 2020).

La pedagogía y su historia están plasmadas de controversias y retos. Aquellos que corresponden a la historia puertorriqueña pueden ser puntualizados principalmente al inicio del siglo XX. Aún queda en la memoria colectiva el caso del exsecretario de Educación, Víctor Fajardo, quien ejerció su cargo desde 1994 hasta 2000. Posteriormente a haber ejercido su función, Fajardo fue acusado en el 2002 por el desvío de $4.3 millones del Departamento de Educación para el partido al cual pertenecía y su lucro personal (Primera Hora, 2013). En el 2011, Jesús Rivera Sánchez, tras ejercer su puesto como secretario unos pocos meses fue despedido. Entre las razones de su despido se encuentra el robo del uso de electricidad y nepotismo. Rivera Sánchez fue el tercer secretario de Educación bajo el cuatrienio del exgobernador Luis Fortuño (Millán Rivera, 2011). En las destituciones de los secretarios de educación, también se asoman las controversias con políticas propuestas implementadas en el DEPR. Entre las más controvertibles se encuentra la implementación y eliminación de la incursión sobre la perspectiva de género en los cursos medulares. Dicha propuesta causa revuelo, tergiversaciones e implementaciones de panópticos clericales en el aula escolar (Metro, 2017). No obstante, esta controversia quedó en el olvido cuando Julia Keleher revocó la carta circular que proponía la implementación de este currículo. Durante los tres años que ejerció su puesto, la administración de Keleher estuvo plagada de controversias, desdeel hecho de ser una estadounidense decidiendo el destino de las escuelas puertorriqueñas, hasta sus contratos privados como asesora. Finalmente, el gobierno federal encontró causa para investigar a Keleher en el verano de 2019. Al sol de hoy, Keleher se encuentra en juicios, bajo señalamientos de corrupción y soborno (United States Attorney's Office District of Puerto Rico, 2020). El proceso judicial contra Keleher se ha demorado. Mientras tanto, la exsecretaria apela al buen corazón vocacional del pedagogo puertorriqueño, a través de una campaña de Go Fund Me, donde solicita unos modestos $600,000 para su defensa. Hasta julio de 2020 solo unos $2,850 han logrado ser recaudados desde el 15 de febrero de 2020.

Al tiempo que se dan los escenarios de corrupción administrativa en el Departamento de Educación, el salario anual de un maestro en Puerto Rico comienza en $22,000 y con una mediana de $29,960; un 30% menos que el salario devengado en otros estados de la nación estadounidense. Portales como Teach Away detallan que el salario de un maestro mensual es $1,000 a $2,000, "lo suficiente para vivir modesta y cómodamente". Más adelante, el mismo portal indica que los alquileres en la zona metropolitana varían entre $600 a $800. ¡Una ganga! Solo le quedan de $200 a $400 a la maestra para pagar la energía eléctrica, el servicio de agua, de telefonía e Internet. Estos detalles no están documentados en portales que buscan atraer a maestros extranjeros al país. Tampoco se documenta la realidad que muchos maestros de diversos países enfrentan: costear sus propios materiales. Este salario contrasta con los contratos de Julia Keleher: $231,030 (Hernández Cabiya, 2019). Mientras la secretaria de Educación devengaba salarios ostentosos, el magisterio hacía su parte con salarios modestos y colmados de vocación. A su vez, los maestros y estudiantes del sistema de educación pública se veían amenazados por los cierres de sus planteles escolares. En la pasada década, se han cerrado más de 600 escuelas. Previamente a los terremotos de la región sur y suroeste quedaban operando 855 planteles. De estos, solo unos pocos contaban con bibliotecas escolares, maestros de todas las asignaturas y servicios necesarios para los estudiantes.

Los salarios justificados con la vocación, junto a las condiciones de los planteles escolares y de trabajo, llevan al pedagogo puertorriqueño a reconsiderar con frecuencia su profesión. ¿Vale la pena? ¿Para esto se estudió? A su vez, surge un sentimiento de culpa. Pues, quien disfruta del acto de instruir y de interactuar con la niñez evita que la burocracia administrativa envenene su pasión por educar. Poder interactuar con jóvenes, verlos crecer, graduarse, encontrarlos cuando son adultos es uno de los elementos gratificantes de la profesión. Algunos pupilos cautivan el corazón del pedagogo. Muchos educadores poseen anécdotas sobre algunos de sus estudiantes. ¿Cómo uno puede olvidar las ocurrencias de un niño? Hasta sus preguntas, en ocasiones, son apalabradas de forma única. "Missi, ¿cómo es que se llama la estatua del hombre que tiene el pipí chiquito?", pregunta un estudiante durante el curso de estudios sociales. "¿De qué estatua tú me hablas?", le pregunta la maestra. "¡Missi, es bien famosa! Tú la has visto". Finalmente, una estudiante exclama: "¡El David de Miguel Ángel, pingoso!". La maestra se gira hacia la pared, se tapa la cara tratando de contener la risa y susurra: "La estatua del hombre con el pipí chiquito" y sabe que esto es una anécdota jocosa que siempre se recordará.

La revolución de los teachers de Joe Agront plasma algunas de las anécdotas y vivencias que pasan los pedagogos. Su tono de hipérbole recuerda las narrativas de Díaz Alfaro y, en ocasiones, las de Saramago. Cada relato lleva al lector a escenarios educativos posibles que pueden o bien mirarse desde afuera o bien haberse vivido en carne propia, en el caso de los lectores-pedagogos. Las circunstancias propuestas por el autor varían desde el imaginario absurdo e ideal de cada maestro hasta las privaciones laborales, como la ausencia de recesos para ir al baño. Agront centra su narración en la relación del maestro con sus estudiantes. En algunas instancias, se narra la interacción con los padres, madres y tutores de los estudiantes. Los insultos por "colgar a mi nene", así como el cuestionamiento sobre la capacidad intelectual del educador y su habilidad para instruir conllevan una lista kilométrica de frases. "¡Por el amor de Dios! ¿Por qué aún siguen enseñando a Doña Bárbara y al Quijote? ¿Por qué mejor no enseñan El Alquimista o algo más chévere?", comentan algunas madres. Otros suelen declarar que "El álgebra no se utiliza en el diario vivir. En las escuelas lo que hay que enseñar es como cuadrar una caja y llenar la planilla". Estos pronunciamientos son exaltados y avalados por el vulgo en las redes sociales digitales, mientras algún amigo maestro se muerde la lengua. A raíz de este tipo de comentarios, el pedagogo se encuentra justificando su quehacer profesional día tras día. A pesar de que todo el pueblo acude a una escuela, absurdamente nadie comprende la labor del pedagogo; ni siquiera los administradores escolares. Irónicamente la sociedad en general suele estar convencida de comprender la labor del pedagogo, su necesidad de capacitarse en las nuevas tecnologías y en la actualización del currículo para impartir lecciones pertinentes.

"La maestra de mi nena es vaga. ¿Tú me puedes creer que ella tiene una computadora en el salón y ni si quiera la enciende? Esa mujer no sabe un pepino de tecnología. ¡Tanto desarrollo profesional que se les ofrece a los maestros!. El Nuevo Día dice que los maestros se niegan a usar la tecnología porque se creen que se van a quedar sin trabajo". Y otro: "Mi nena aprende más de Google que de su maestra. ¡Yo ni sé por qué hay una biblioteca allí! Esa bibliotecaria está de adorno. Eso es un cuido". Mientras se escuchan estos análisis sobre el magisterio puertorriqueño, una maestra calla. Estas expresiones solo quedan grabadas en su memoria, como parte del menosprecio hacia la educación, que no surge de la nada. Tal como se menciona en párrafos anteriores, las acciones por parte de los administradores del Departamento de Educación lo evidencian. El valor hacia el magisterio no debe limitarse a un salario que se desprende de la vocación y el agradecimiento vacío. Las condiciones del salón donde se imparten las lecciones de la juventud, la libertad de cátedra, un plan de retiro justo y la oferta de desarrollo profesional que no tome del tiempo de ocio del pedagogo son algunas de las formas en las que se puede evidenciar el valor de la educación. En el caso particular de la libertad de cátedra, debe estar atada a la confianza que se le debe al educador en la selección de material didáctico. Michael Apple, un teórico de la educación estadounidense, expone que el uso de los libros de texto y material preparado por las agencias gubernamentales evidencia la desconfianza que se tiene hacia el maestro y su capacidad intelectual (Apple, 2000).

Los niños y niñas pasan un promedio de 8 horas cada 5 días en las escuelas. Los maestros también. En ocasiones, su jornada laboral alcanza las 10 horas. Si el estudiante participa de actividades extracurriculares (comúnmente referidas como afterschool) también alcanza las 10 horas. El estudiante promedio frecuenta más tiempo en la escuela donde está matriculado que en su propio hogar. Los maestros, además de impartir instrucción, están a la expectativa de velar por el bienestar físico y emocional del niño. "Son los hijos postizos", comentan algunas maestras. El magisterio, indudablemente, conlleva consigo una labor afectiva. Es inevitable no tener lazos afectivos con el desempeño llevado a cabo en las escuelas. Un aula escolar posee múltiples historias que se intersectan con el pedagogo. Unas veces son historias de éxito, otras son anécdotas comunes sobre estudiantes traviesos. Las excepciones, o eso creemos, son los estudiantes de educación especial. Algunos de estos estudiantes poseen disparidades físicas que alteran su salud. Otros escenarios contemplan que el único lugar seguro para el estudiante es la escuela; algo que ningún maestro desea confrontar, pues sus implicaciones son trágicas. Más trágico es saber que el plantel que funge como refugio para los estudiantes ha sido cerrado junto con los

600 planteles que han cesado operaciones como parte de las decisiones de los secretarios del Departamento de Educación.

Además de ser espacios seguros para los estudiantes, los planteles escolares de Puerto Rico forman parte de los refugios en casos de desastres naturales. Así ha quedado evidenciado con el paso de los huracanes Irma y María, en el 2017. Previo a ello, también fungieron de la misma manera cuando el huracán Georges pasó por el archipiélago puertorriqueño, en 1998. Lamentablemente desde enero de 2020, alguno de los planteles que funcionaban como refugios en casos de emergencias ambientales, dejaron de serlo. Su destrucción tras los impactos de los terremotos que han angustiado los municipios del sur ha dejado al descubierto la vulnerabilidad de estas edificaciones (Balingit, 2020). Dentro de este desastre y emergencia, también queda al descubierto que los empleados docentes, no docentes y estudiantes de los municipios sureños se encuentran a merced de las ayudas del pueblo. La falta de asistencia por parte del gobierno central ha estado plagada de controversias más indignantes que las narradas sobre el Departamento de Educación. Desde el paso de los huracanes Irma y María, el gobierno de Puerto Rico y sus funcionarios han participado del desvío y la desaparición intencional de los suministros de emergencia para los damnificados (Redacción BBC Mundo, 2020). La desaparición de los suministros volvió a suceder luego del impacto de los terremotos en el suroeste. Mientras los residentes de los municipios impactados pernoctaban felizmente, como los describiría la gobernadora Wanda Vázquez Garced, varios agentes gubernamentales alegaban investigar la controvertible desaparición de los suministros de emergencia. A su vez, el secretario de Educación en función, Eligio Hernández Pérez, alegaba ejecutar planes de trabajo para los maestros y estudiantes que habían sido severamente afectados por los terremotos. Entre ellos, se encontraba la creación de módulos y planes, cuyo acceso requeriría el uso de computadoras e internet, en una zona cuya infraestructura había sido afectada gravemente después de tres desastres naturales en dos años. A pesar de los retos, muchos maestros colaboraron para atender las necesidades de sus estudiantes. Se impartió cátedra al aire libre, desde casetas y parques. La vocación del magisterio, aunque no fue documentada ávidamente por la prensa ni reconocida por el gobierno ni renumerada como tal, brilló.

Meses después del impacto inicial de los terremotos del sur, los pedagogos puertorriqueños tuvieron que abandonar el aula física nuevamente y transicionar al aula virtual, a raíz de la pandemia del coronavirus del 2020. Los planes para impartir lecciones en un espacio físico tuvieron que ser acomodados a un espacio virtual. En ninguna instancia los maestros del departamento de Educación fueron dirigidos a un espacio designado. Cada maestro tuvo que utilizar su mejor juicio y las herramientas que tenía. "Pero esa maestra solo envía emails con las tareas. Ella ni si quiera da clases online", reclaman las madres, obviando que, al igual que ellas, los pedagogos puertorriqueños utilizan una computadora compartida con sus hijos. Los retos para el nuevo año escolar contemplan escenarios similares o más complejos que los enfrentados en el último semestre del año escolar 2019-2020. La pandemia del coronavirus sigue devastando al país, los municipios del sur continúan enfrentado los remezones violentos y telúricos. Frente a este panorama, el gobierno apuesta nuevamente a la vocación del pedagogo.

Desde el momento en que se pisa la Facultad de Educación de la Universidad de Puerto Rico, el futuro maestro puede imaginar cuáles serán sus condiciones laborales, el plantel escolar y el intercambio que tendrá con sus futuros compañeros de trabajo. Según progresa en los estudios, escucha las narrativas de sus profesores y pares. Al llegar a la experiencia clínica, tiene la oportunidad de determinar si continuará con su vocación o si la dejará a un lado. En sus primeros años como maestro novato, se topará con muchas instancias en las que sentirá que nadie lo preparó para esto. Una vez que ha entrado en la profesión, invocará ejercicios de *mindfulness*, recomendados por la administración escolar, para poder lidiar con el estrés de las reuniones con los padres. A través de rituales y mantras, el pedagogo crea una deidad llamada Vocación. A ella invoca su pasión por recuperar aquello que lo atrajo a la educación, el orgullo para crear un espacio físico digno para llevar a cabo su labor y la paciencia para lidiar con todo aquello que reta su salud mental.

ALEJANDRA S. MÉNDEZ IRIZARRY*
Doctoranda en Currículo y Enseñanza
Universidad de Puerto Rico

Alejandra S. Méndez Irizarry (n. 1987, Santurce) es estudiante del Doctorado en Educación de currículo y enseñanza, de la Universidad de Puerto Rico y cuenta con una Maestría en Ciencias bibliotecarias e información de dicha universidad. Fue maestra de inglés y desde 2014 colabora en Infotecarios, un blog sobre mejores prácticas en las ciencias bibliotecarias de Hispanoamérica. Ha publicado para el blog de la American Library Association sobre la brecha digital y la labor bibliotecas escolares de Puerto Rico. Desde inicios de 2020, se desempeña como bibliotecaria en Massachusetts. Actualmente trabaja en su proyecto de disertación, sobre la brecha de género y la integración de la perspectiva de género en educación de las ciencias computacionales.

Referencias

i. Apple, M. (2000). Official Knowledge: Democratic Education in a Conservative Age. Routledge.

ii. Balingit, M. (2020, January 27). Students are returning to class in earthquake-shaken Puerto Rico, but fears persist over the conditions of schools. Washington Post. https://www.washingtonpost.com/local/education/students-are-returning-to-class-in-earthquake-shaken-puerto-rico-but-fears-persist-over-the-condition-of-schools/2020/01/27/cf69f5d2-33ed-11ea-91fd-82d4e04a3fac_story.html

iii. Berrios Llorens, R.I. (2019, May 28). Puerto Rico necesita bibliotecas (Puerto Rico needs libraries). ANANSESEM. http://www.anansesem.com/2019/05/puertoriconecesitabibliotecas.html

iv. Hernández Cabiya, Y. (2019). Former Puerto Rico Education secretarry sought $400,000 salary. Caribbean Business. https://caribbeanbusiness.com/former-puerto-rico-education-secretary-sought-400000-salary/

v. Lebrón, M., & Bonilla, Y. (2020). Puerto Rico Syllabus. https://puertoricosyllabus.com/

vi. Metro Puerto Rico. (2017). Derogan carta circular sobre equidad de género. Metro PR. https://www.metro.pr/pr/noticias/2017/02/09/derogan-carta-circular-equidad-genero.html

vii. Micro Juris. (2016). Carta circular de equidad de género del Departamento de Educación. Autor. https://aldia.microjuris.com/2016/11/11/carta-circular-de-equidad-de-genero-del-departamento-de-educacion/

viii. Millán Rodríguez, Y. (2011). Guiso familiar en el DE. Vocero. https://web.archive.org/web/20111222004257/http:/www.vocero.com/puerto-rico-es/guiso-familiar-en-el-de

ix. Primera Hora (2013). Cronología del caso de Víctor Fajardo. Autor. https://www.primerahora.com/noticias/policia-tribunales/fotogalerias/cronologia-del-caso-victor-fajardo/#view

x. Puerto Rico Oversight, Management, and Economic Stability Act, Pub. L. No. 114-187, 130 Stat. 549 (2016). https://www.congress.gov/114/plaws/publ187/PLAW-114publ187.pdf

xi. Redacción (2020a, January). Terremoto de Puerto Rico: cómo los sismos cambiaron la forma en que se ve la isla desde el espacio. BBC News. https://www.bbc.com/mundo/noticias-america-latina-51100948

xii. Redacción (2020b, January). Qué se sabe del escándalo en Puerto Rico por la ayuda humanitaria del huracán María en que se encontró vencida en un almacén. BBC News. https://www.bbc.com/mundo/noticias-america-latina-51184091

xiii. Teach Away (2020). Teach in Puerto Rico. https://www.teachaway.com/teach-puerto-rico#:~:text=The%20average%20salary%20for%20teachers,sick%20days%2C%20and%20completion%20bonuses.

xiv. United States Attoyrney's Office District of Puerto Rico. United States Department of Justice. (2020). Former secretary of Puerto Rico Department of Education Julia Keleher indicted with another individual for bribery, conspiracy, and wire fraud. Offices of the United States Auttorneys. https://www.justice.gov/usao-pr/pr/former-secretary-puerto-rico-department-education-julia-keleher-indicted-another

A quien quiera que haya sido el o la responsable
de que aprendieras a leer.

La tarea más hermosa del mundo

La señora Kowalsky llamó en la mañana para indicar que no se presentaría a trabajar porque tenía una situación personal. Le tocó a Jefrey, el maestro nuevo de música, sustituirla. La señora Kowalsky había dejado una lista de tareas para realizar con los estudiantes.

1. Recoger la tarea pendiente.

2. Verificar que todas las tareas tengan nombre.

3. Los estudiantes deberán trabajar la página 58 del cuaderno de ejercicios.

Jefrey siguió las instrucciones al pie de la letra. Tan pronto llegó al salón, saludó a los estudiantes y les pidió que entregaran la tarea. Luego procedió a explicar las instrucciones de la página 58 del cuaderno de ejercicios y se retiró al escritorio a verificar que todos los trabajos tuvieran nombre. Mirando solo la parte superior de la tarea donde se encontraba el espacio para poner el nombre, verificaba que todos cumplieran con ese requisito. Todo iba en orden hasta que llegó a la tarea que, según su cuenta, era la número siete: el espacio del nombre estaba en blanco. Sacó el papel y lo separó de los otros para buscar una identificación en otro lugar pero, en cambio, vio... En efecto, la tarea no tenía nombre, pero estaba perfectamente respondida y, mejor aun, adornada majestuosamente en su totalidad. Contenía diseños y dibujos tan hermosos, que parecían hechos por las manos de algún ser divino. Jefrey estuvo admirando aquella obra de arte durante un rato, atónito. Poco a poco, recuperó la consciencia y enseguida preguntó a viva voz de quién era la tarea no identificada. Pero la profesora Kowalsky les había advertido a los alumnos que, si alguna vez entregaban un trabajo sin nombre, no solo tendrían menos puntos sino también deberían ayudar en las tareas del salón. El o la responsable seguramente recordó esto y decidió hacer silencio para no tener que pasarle el paño a los escritorios ni borrar las pizarras. Nada, ninguna respuesta.

Jefrey decidió, entonces, buscar a la maestra del salón contiguo, con la esperanza de que reconociera la letra, pues también le daba clases a ese grupo. Emocionado, le mostró la tarea como quien entrega una ofrenda. La Sra. Godines, que sufría de depresión por la muerte de un ser querido hacía seis meses, al ver en aquel papel una creación tan angelical, con trazos tan perfectos, tan detallados, tan sublimes, comenzó a sentir una alegría en su interior como no la había sentido hacía más de medio año, su tristeza desapareció y se transformó instantáneamente en felicidad. Godines tampoco pudo identificar de quién era la tarea, pero tomó a Jefrey de la mano y lo llevó donde la maestra Archundia, que era la maestra del grado anterior y probablemente sabría reconocer semejante trabajo. La maestra Archundia, mujer mayor de edad a punto de retirarse a causa de su ceguera inminente, se encontraba en su penúltimo día de trabajo cuando Jefrey y Godines le enseñaron la tarea en espera de una respuesta. La maestra casi cegata miró el papel con espejuelos que parecían un telescopio y quedó en un estado de trance emocional, anonadada con los colores, cuya intensidad no podría ser clasificada bajo ningún espectro de luz descubierto por la ciencia. Las pupilas de quienes miraban el dibujo se dilataban de una manera exagerada permitiendo que la luz entrara nuevamente y reformateara el ojo. Archundia recuperó su vista de inmediato. La maestra volvió a mirar el papel con su nueva visión 20/20 pero no pudo reconocer la letra, así que les sugirió a sus compañeros que fueran donde el director, que llevaba muchos años en el colegio y conocía a todos los estudiantes. Jefrey, Godines y Archundia marcharon en procesión a su oficina. Bienvenido Pujols o Bienve, como le decían sus allegados, había sido director del colegio por 18 años. Cuando Jefrey y sus compañeras entraron a la oficina y le mostraron el trabajo, el señor Pujols entró en shock. El cerebro de Bienve no podía procesar tanta belleza. Sus sentidos se sobrecargaron y revivieron las pasiones que él pensaba extintas. Esa noche el director llegaría a su casa y le haría el amor a su esposa seis veces corridas.

A alguien se le ocurrió poner la tarea en el tablón de edictos frente al comedor, para ver si algún compañero veía el trabajo y podía reconocer a su propietario. A medida que los estudiantes pasaban por ahí y se detenían a mirarlo, sus neuronas comenzaron a hacer conexiones sinápticas y a multiplicarse para poder entender la complejidad de aquella simetría plasmada en papel. (Más tarde ese año, el colegio contaría con un 100% de aprobación. Ningún estudiante reprobaría ninguna materia y, en las estadísticas nacionales, todos saldrían con las puntuaciones más altas en las pruebas que impartía el estado. Sus graduandos tomarían los exámenes para asistir a universidades prestigiosas y todos serían aceptados, incluso en la NASA).

Ese día en la tarde, un candidato en las elecciones para la presidencia del país visitó la escuela. Otto Trujillo era, a sabiendas, un político cruel y corrupto que buscaba la presidencia del país con el único propósito de lucrarse a sí mismo y hacer lo propio con sus allegados. Hipócrita como era, besaba y abrazaba a todo aquel que saliera a su paso en la escuela. De camino a su conferencia de prensa, se topó con el tablón de edictos de frente y al ver la pureza del arte que adornaba aquella tarea, sintió un aura que conmovió su alma retorcida y su espíritu se sintió libre. A partir de ese momento, Otto fue un hombre nuevo, honesto, íntegro y desinteresado. (16 meses más tarde, Trujillo ganaría las elecciones, negociaría un tratado de paz con la nación enemiga y evitaría lo que seguramente iba a ser un conflicto nuclear apocalíptico que ya era inminente). Un periodista que trataba de hacer una toma del candidato, sin fijarse, enfocó la tarea y la transmitió en televisión nacional. 20 millones de personas pudieron observar la maravilla que estaba en el tablón de edictos. Todos experimentaron sensaciones indescriptibles. Los criminales desistieron de hacer el mal y se entregaron a las autoridades confesando sus actos delictivos; los pesimistas cambiaron de opinión; los malhumorados sonreían; los tristes se reían; todo el país salió a la calle a abrazar a sus vecinos, apersonar a sus enemigos y a pedir perdón. Desde ese ese día, la nación no volvería a saber lo que era un crimen, ni siquiera una infracción de tránsito. En los días siguientes, la tarea —que sin duda alguna era la más hermosa del mundo— pasaría a ser exhibida en el Museo Nacional como una pieza anónima.

Abigail

agosto

El calor abraza la piel y la luz del sol baña los espacios que toca cuando algunos de sus destellos se cuelan por las ventanas. En mi salón casi todo está listo para recibir a mi grupo nuevo de estudiantes. Agosto significa muchas cosas y aunque he sido maestra por catorce años, todavía no dejo de emocionarme ni de ponerme un poco nerviosa cuando llega este mes. Este año será un poco diferente. Ya me han comentado de Abigail, una niña de diez años, una niña brillante, que hace cosas normales de una niña de diez años. Pero Abigail tiene una peculiaridad. Abigail tiene cáncer intestinal etapa 4. Mientras preparo los últimos toques para recibir a los alumnos antes que suene el primer timbre del año, no puedo evitar desbordarme de interrogativas. Se escucha la campana y todos los chicos y chicas se colocan en la fila de la puerta para entrar al salón. Cualquiera que pasa ve eso: una fila, una cola de niños y niñas esperando para entrar a clases, pero yo no. Yo veo y saludo a artistas, a músicos, a matemáticos, a diputados, a mecánicos, a doctores, a jueces, a cocineros: yo veo y saludo el futuro de este planeta. Dejo que los alumnos entren y con el rabo del ojo voy viendo a Abigail. En tamaño, es definitivamente la más pequeña del salón. Tiene un rostro tierno y adornado sutilmente por unas escasas pecas. Sus ojos son grandes y marrones e iradian luz. Su pelo es negro y rizado, con bucles largos que le llegan hasta la mitad de la espalda. ¡Tan llena de vida! La mesa de Abigail es la más cercana a mi escritorio, así lo decidí yo, en caso de cualquier eventualidad, para poder tenerla cerca de mí.

septiembre

Ha pasado el primer mes de clases y ya tengo una idea bastante clara de quién es cada uno de mis estudiantes. Ya reconozco a los brillantes, a los que necesitan un poco más asistencia, a los habladores, a los chistositos, a los vagos y demás. Abigail sobresale de entre el grupo. Todas las mañanas trae un chiste y me aclara antes de contarlo: "Maestra, es mongo, pero bueno". Yo me río siempre porque aunque son chistes malísimos la gracia la trae ella con sus gestos, con su energía, con su dulzura. Me pregunto cómo es posible que sea feliz con esa gran carga que tiene. Abigail es un poco traviesa y bromista. El otro día tuve que regañarla porque en la hora de la merienda sustituyó el yogur de un compañero por mayonesa. En otra ocasión escribió un letrero falso que decía *out of order* y lo colocó en la puerta del baño de los niños. Nos dimos cuenta cuando ya ninguno de los chicos del salón aguantaba las ganas de orinar y nos preguntaban a los maestros si podían hacer pipí en el patio. La chica definitivamente es el alma del salón. Todos la conocen, todos la imitan, todos quieren estar con ella.

noviembre

Ya nos estamos preparando para las vacaciones de Acción de Gracias y en el salón no hemos parado de aprender. Todos tenemos a Abigail en nuestros pensamientos. La chica se ha ausentado durante la mayor parte del mes debido a que su salud no le ha permitido estar con nosotros. Su mamá nos escribe casi a diario para pedirnos las tareas y de paso, nos mantiene al tanto de la situación. Nos cuenta que Abigail siempre anda de mal humor porque detesta no poder venir a clases. "Dile a la maestra que he acumulado chistes mongos y ahora tengo un montón para contarle", le ha dicho.

diciembre

Abigail está de vuelta. Sus hermosos bucles han desaparecido y ha perdido mucho peso, se nota en la ausencia de los cachetes que una vez ocuparon todo el espacio de su cara. Tiene un artefacto que le introduce comida por la nariz y su cabecita sin cabello luce espléndida cuando la toca la luz. Verdaderamente su ánimo ha decaído un poco, sus ojos han perdido un poco de brillo, pero en el salón nos hemos encargado, todos, de recordarle quién es. Sus compañeros no pierden tiempo dejándole saber que ella es "la mejor" y que su aspecto físico es algo pasajero sin importancia porque, aun así, sigue siendo preciosa.

enero

Hemos vuelto todos de las vacaciones de Navidad. Los primeros días son lentos y un poco áridos. A los chicos les cuesta un poco de trabajo volver a la rutina y caer en tiempo. Pero no a Abigail, que ya ha recuperado su espíritu y nuevamente ha comenzado con sus bromas. Esta vez amarró varios bultos de sus compañeros unos con otros y a la hora de salir, cuando agarraron sus cosas, todos tropezaron al mismo tiempo. Cada cual halaba su mochila para un lado y nadie podía salir. Y aunque me reí mucho a escondidas, no tuve más remedio que enviar a Abigail a la dirección.

marzo

Comienza la primavera, en el ambiente hay un aroma fresco y dulce. Pero todas las cosas bonitas que trae esta temporada han sido brutalmente opacadas por el silencio de la silla vacía, en la mesa que está cerca de mi escritorio. En mi salón hay un espacio que no se podrá llenar con ningún otro elemento en el universo. Nadie sonríe todavía y no sé cuándo alguno volverá a hacerlo. La tristeza se siente en el aire y pesa como un equipaje lleno de piedras. Nadie hace bromas, nadie me cuenta chistes mongos. Paso la lista de asistencia y cuando llego al número 6, se me arma un nudo en la garganta y todavía me rehúso a crear otra lista sin su nombre. Sus compañeros hacen dibujos y aún escriben notas sobre ella. No puedo evitar sentir un poco de coraje con la vida, no puedo. Abigail era una niña de 10 años. Talentosa, bella, única.

E-mail

Tan pronto entro al salón, antes que suene el timbre, lo primero que recibo es un correo electrónico de la Sra. Balderrama, madre del estudiante Joaquín. En el mismo se lee lo siguiente en letras mayúsculas: "MAESTRO, ¿POR QUÉ CARAJOS DECIDIÓ QUITARLE PUNTOS A MI HIJO EN EL TRABAJO QUE ENTREGÓ AYER? ME PARECE INJUSTO Y LO QUE TIENE CON MI HIJO ES UN DISCRIMEN". De más está decir que mi encabronómetro marcaba por las nubes y comencé a escribir para contestarle: "Buenos días, señora Balderrama. Le quité puntos al disparate de trabajo que me entregó su hijo por la simple y mera razón de que se supone que lo hubiese entregado la semana pasada y ayer, 7 días después, decidió darme un trabajo con tachones, borrones y para colmo, el papel tenía manchas anaranjadas de lo que aparenta ser jugo *Capri Sun*. Desde la bandera plantada en la jodida luna se podía ver que el trabajo lo completó 15 minutos antes de entregármelo, en el asiento posterior de su automóvil mientras usted lo traía a la escuela". Pero justo cuando estaba a punto de presionar el botón de *send*, recordé las horas largas de reuniones profesionales y los talleres-de-pérdida-de-tiempo que nos ofrecen acerca de cómo besarles el trasero a los padres, aunque estos nos insulten. Entonces mordiéndome la lengua borré todo lo que había escrito y lo reemplacé con un: "Buenos días, Sra. Balderrama. Lamento los inconvenientes. Permítame darle una cita para poder hablar sobre el asunto. Gracias por expresar sus inquietudes y le recuerdo que me encuentro a su completa disposición".

1ra de Corintios 13: 4

Tenía 34 años y era la profesora soltera más codiciada. Eso decían sus compañeros y supervisores en su trabajo, pero lo que realmente no sabían es que ella ya tenía un amor. Un amor único. Un amor que es sufrido es benigno; un amor que no tiene envidia, un amor que no es jactancioso, que no se envanece; que no hace nada indebido, no busca lo suyo, que no se irrita, no guarda rencor; no se goza de la injusticia, mas se goza de la verdad. Un amor que todo lo sufre, todo lo cree, todo lo espera, todo lo soporta. El mejor amor del mundo. Un amor que, aunque en su lugar de empleo no pueda nombrarse, se llama Leonor y es su amor, todo suyo.

El día de la entrevista de trabajo leyó el contrato y pensó: *Coño, Gabriela Álvarez, tú no puedes firmar esto y aceptar esas cláusulas que son como escupitajos sobre tu cara ¿Qué carajos se cree esta gente?* Pero con el gobierno cerrando cada día más y más escuelas y con el despido masivo de maestros, no le quedó más remedio que tragar profundo y estampar su nombre en el papel que, a cambio de unas cuantas monedas quincenales, le exigía negar todo lo que era.

Ya van cuatro años desde el momento en que decidió aceptar. Gabriela trabaja como maestra de química en la prestigiosa academia La Santísima Virgen de las Diez Mil Vírgenes, colegio ultraconservador y con estándares de moralidad más estrictos que los del mismo Papa. Las monjas de la escuela cocinan a diario para alimentar a las personas sin hogar y cuando ocurrió la catástrofe del huracán, la administración no dudó en sacar dinero de sus arcas para ayudar a los necesitados. Gente de buen corazón, dicen... Gaba siempre llega temprano a su salón, barre y trapea porque es parte de sus funciones, como también es parte de sus funciones ir dos veces al mes a misa. Esas misas donde de vez en cuando el sacerdote le recuerda a la población estudiantil que el homosexualismo y el deseo sexual son pecados que Dios castiga. Allí se sienta ella, a morderse las muelas en momentos como esos y a tapar su indignación estirando los labios hacia los lados de manera que sus mejillas se contraigan formando algo parecido a una sonrisa. Gabriela siempre trata de estar preparada y anticiparse a todo tipo de posibles confrontaciones. A veces imagina escenarios e inventa posibles excusas en caso de alguien la hubiese visto en aquel *restaurant* donde se bebió una cerveza con Leonor. Pero ninguno de sus planes ni de sus esquemas mentales la habían preparado para lo que iba a suceder.

Angélica Carlo era su mejor estudiante, una chica brillante de familia prominente y padres conservadores, que se sentaba en el último pupitre. Siempre la mejor conducta, nunca una queja. Un día se acercó a hablar con la profesora Álvarez, que vio cómo su alumna se caía en pedazos frente a ella. ¿Quién consolaría a Angélica, que a tan temprana edad ya experimentaba un tormento de culpas? Ningún educador quiere tener la experiencia de ver a alguno de sus pupilos fracasar y mucho menos cargar con el peso en la conciencia de no haber hecho lo suficiente. No pasó mucho tiempo, tras la conversación entre profesora y estudiante, para que los padres de Angélica ejercieran presión en la junta de la escuela y despidieran a la profesora Álvarez, alegando que la maestra promovía conductas inmorales entre los estudiantes. El padre Isidro le entregó la carta de despido a Gabriela. "Lo siento, Gaba", pronunció entre dientes mientras le señalaba la puerta de salida.

Un día normal

5:00 am

Suena la alarma y caigo sentado en la orilla de la cama. Ahí me quedo por lo menos unos 15 minutos en lo que mi espíritu regresa a mi cuerpo y mi mente comienza a analizar la información. ¿Quién soy? ¿Dónde estoy? Dicen que el café ayuda a dar energía y a quitar el sueño; entonces preparo litros de café, me lavo la boca con café, me afeito con café, me peino con café, desayuno café y hasta uso enemas de café.

7:30 am

Llego al salón, bebiendo café y rezándole a las 10 mil vírgenes para que por fin hayan arreglado la máquina de fotocopiar de la escuela porque ya llevo 50 dólares gastados en fotocopias este mes y si sigo así voy a terminar comiendo arroz con agua el resto de la quincena hasta cobrar. Empiezo con mi rutina de limpieza y me siento optimista porque he encontrado solamente 7 gomas de mascar pegadas en los asientos ¡7 nada más, coño, este día pinta bien! me digo a mí mismo. Agarro los pañitos con desinfectante para limpiar los pupitres y me topo con un dibujo que dice: *perreo asta el amanecel.* En lugar de borrarlo, le corregí las faltas de ortografía para que sepa que si va a dañar propiedad privada, por lo menos que escriba bien.

8:00 am

Suena el timbre y, como de costumbre, me asomo a la puerta para llamar a los estudiantes: "¡Sonó el timbre, si no van a entrar me avisan para irme a mi casa!", les digo. Entonces llegan corriendo para empezar la clase y, de tanto sudor que tienen por jugar bajo el sol de la mañana, el salón adquiere un aroma a mercado donde venden pollos y gallinas en las plazas del pueblo. Empiezo a pasar lista. Gabriel está nuevamente ausente y con esta ya son 11 ausencias este mes. Se le ha referido a Maldonado, la trabajadora social, pero ella se ve con las manos atadas porque el padre del estudiante siempre lo lleva a un doctor diferente y trae excusas médicas por condiciones que el niño nunca ha tenido. Todo el mundo en la escuela y en la comunidad sabe que el fulano padre es un alcohólico irresponsable y, de las borracheras que se gasta, luego es incapaz de levantarse en la mañana para traer al niño a la escuela. Todo el mundo lo sabe, pero las autoridades pertinentes no hacen nada para arreglar la situación. Continúo pasando lista y de lejos noto que Miosotis vino hoy. "Mio, pasa por mi escritorio, por favor", le digo. La observo caminar hacia mi escritorio y a 20 pies de distancia puedo notar cómo le bajan los mocos por la nariz, al punto que se le ha formado un pequeño charco verde en la parte superior de los labios. "Miosotis, ¿mamá o papá trajeron el papel del doctor indicando que podías regresar a clase?", le pregunto. Moviendo la cabeza de un lado para el otro me confirma que no. Los padres de Miosotis son dos jóvenes trabajadores y no tienen quién les cuide a la niña cuando está enferma. Por esta razón, a veces, muchas veces, ignoran las órdenes del médico cuando este les dice que no puede venir a la escuela porque tiene alguna afección que puede ser contagiosa para los demás.

8:15 am

Comienzo mi lección del día con el tema que he venido trabajado con los estudiantes durante las últimas dos semanas. "¿Alguien me puede decir quién era Enrique VIII?", pregunto a manera de repaso y solo una mano, de un total de 30 pares que tengo en el salón, se levanta tímidamente para responder. "Enrique VIII fue el señor que descubrió a

América", me responde Julián con voz pausada pero firme. Un silencio profundo invade el aula, interrumpido por una voz del fondo del salón que exclama: "¡Qué bruto, ese fue Marco Polo!". Continúo con la clase, pero entre Leticia que está dibujando, Juan Carlos que no para de hacer chistes con Manuel, Francia que no deja de chismear con Ana, Ernesto dormido, Antonio que no pudo esperar a la merienda y está comiendo, Mirian que está jugando con lo que sacó de su nariz, Ángela que mira al techo, Marcos que me pide permiso para ir al baño; me siento tremendamente solo, hablando con las paredes y los espíritus porque nadie me hace caso.

10:15 am

Es mi tercer grupo de la mañana y de pronto, llega a mis fosas nasales un hedor insoportable como si un caballo o un elefante hubieran caído muertos en medio del salón y llevaran por lo menos cuatro días allí. "¿Quién fue?", se me ocurre preguntar, iluso. Todos se ríen, ninguno confiesa. Mientras tanto intento continuar con mi trabajo, en vano, porque todos los maestros sabemos que las flatulencias son como los pandilleros: siempre andan acompañados por más. Me retiro a mi escritorio y con la cabeza pegada a la ventana, en busca de aire fresco, continúo la lección.

11:30 am

Me atraco un sándwich en la hora del almuerzo, lo mastico junto con cuatro aspirinas mientras corrijo libretas y tareas. Entonces me viene a la mente cuando he escuchado a algunos padres decir: "Estos maestros abusan con los niños dándoles tanta tarea". ¡Claro que sí! Para nada se trata de que el sistema nos exige que les demos tareas a los alumnos, nada que ver. La puritita verdad es que a nosotros, los maestros, nos encanta tener que corregir 90 libretas todos los días y gastar incontables horas tratando de entender las escrituras indescifrables de cada uno de los muchachitos. Nos reímos a carcajadas cada vez que nos imaginamos a esos pobres retoños agotados haciendo una tarea engorrosa, tarea que luego tendremos que calificar hasta que se nos quemen los ojos (¡Buajajaja!).

12:30 pm

Entra el grupo luego del período de almuerzo. Todos pelean, se arrojan papeles, se gritan unos a otros mientras me gasto lo poco que me queda de garganta para poder poner un chín de orden en el salón. En momentos como este me cuestiono si debí escuchar a mi mamita cuando me aconsejó que fuera electricista. Aún no se han organizado los estudiantes en sus respectivos asientos cuando, en medio de esos 5 minutos de semicaos, entra mi supervisora por la puerta con la gran noticia de que ha venido a visitarme para evaluar mi ejecución.

1:30 pm

Es mi período de capacitación pero tengo que utilizarlo para llenar los 75 documentos administrativos que tengo pendientes. Reporte de ausencias y tardanza de cada uno de los 90 estudiantes. Reporte de puntuaciones y calificaciones individuales de cada uno de los 90 estudiantes. Reporte de cuantas veces van al baño cada uno de los 90 estudiantes. Reporte de cuántas veces al día respiran cada uno de los 90 estudiantes y un montón de mierdas de reportes más que, en su mayoría, son totalmente inútiles.

2:55 pm

Estoy casi listo para irme. Miro el reloj con ojos de perrito que ve a su dueño entrar por la puerta cuando suena una notificación en mi celular de un correo electrónico de la jefa. ¡Mierddaaa! Otra reunión de facultad donde estaremos hasta las cuatro de la tarde discutiendo temas de suma importancia que se pueden resolver escribiendo otro *email*. 60 minutos escuchando a la directora advertirnos que no podemos regañar, levantar el tono de voz ni hablar con firmeza, ya que todo esto considerado maltrato institucional. De ahora en adelante, mis compañeros y yo tenemos que dejar que los estudiantes nos abofeteen y cuando terminen, hacer como Nuestro Señor: ponerles la otra mejilla con una sonrisa. También nos informan que la fotocopiadora no estará disponible hasta el otro mes.

4:30 pm.

Llego a mi casa arrastrando los pies del agotamiento. Me traje en la mochila 60 exámenes y 30 ensayos para corregir, sin mencionar que mañana es jueves y debo entregar las planificaciones, así que hoy me toca estar hasta tarde preparando los planes educativos. Hasta ahora, el día ha sido normal.

Parent-teacher conference

Hay tres actividades dentro del calendario escolar que a nosotros, los maestros, nos apasionan. La primera es la fiesta de fin de año en Navidad. La segunda es la fiesta de fin de año en verano. Eso es todo, no existe una tercera. Pero si le preguntaras al cualquier maestro en este bendito planeta olvidado por Dios, todos, absolutamente todos te contarían que no existe momento más detestable en la vida profesional de un pedagogo que los famosos e infames días de los *parent-teacher conferences*. Los PTC son como si el dentista te sacara las muelas sin anestesia usando las herramientas del mecánico, como evacuar un *watermelon* rodeado de alambre de púas. Lo primero que deben saber es que la culpa siempre es de la maestra o el maestro; no importa que el estudiante tenga 70 ausencias y 97 tardanzas, no importa si el estudiante nunca trajo sus materiales, no importa si el estudiante nunca estudió ni repasó ni atendió en la clase. La culpa de esas "malas notas" es exclusivamente del míster o la misis. Esto, como es bien sabido, está escrito en las leyes de la física que descubrió y redactó Isaac Newton. Lo segundo que se debe tener en mente es que no todos los progenitores o encargados son iguales, por eso los maestros hemos creado cinco clasificaciones en las que colocamos a la mayoría de los padres y madres, tanto con propósitos investigativos como para diseñar un plan de trabajo o, lo que es lo mismo, técnicas de defensa personal.

El primer grupo, pedagógicamente denominados los *cíclopes*, es aquel que ve a sus hijos con un halo de fantasía que no se corresponde con la realidad áulica. Traen a cada reunión un repertorio de frases bajo el brazo, del estilo: "en casa no hace eso" y "mi hijo no". Hacen malabares y acrobacias para inventar excusas y no tener que enfrentar la espantosa realidad de que su cría es igual de agradable que una irritación de las hemorroides. El segundo grupo es el de los *anonadados*. Los pertenecientes a este grupo tienen un lugar especial en el corazón de todos los maestros. Después de escribirles decenas de notas en la libreta durante todo el año sobre el niño, después de escribirles docenas de correos electrónicos sobre su comportamiento y sus notas escolares, después de todos estos intentos de comunicación fallida maestro-padre-madre-tutor-encargado; llegan al día de la reunión y abren los ojos como un búho que consume estimulantes. Su expresión de sorpresa va acompañada de reproches como: "¿Por qué nunca me avisaron?" y justificaciones como: "yo no sabía que la nena estaba tan mal" y "a mí no me llegó ese *email*". Son los mismos que a fin de año, cuando quedan tres días de clases, aprenden a usar el *email* para escribirte que por favor diseñes algún plan educativo para que su chamaco pueda pasar al próximo grado. El tercer grupo está compuesto por *los espíritus*, es decir, los que nunca han sido vistos por nadie ni dicen nada. Hacen acto de aparición ese día y todos los maestros se preguntan quiénes son. En la reunión solo asienten con la cabeza a todo lo que se dice sin comentar ni respirar y tan pronto acaba el evento, nunca más se sabe de ellos. Por lo general, los estudiantes que son hijos de este tipo de padre/madre saben cuidarse ellos mismos y son independientes, capaces de realizar tareas del hogar como vestirse y bañarse solos. Vestir y bañar a sus hermanitos y hermanitas, cocinar y hasta conducir. Este es el tipo que compran Chef Boyardee y alimentos enlatados por montones para que los chiquitines no se quemen con la estufa cuando tengan que prepararse la comida ellos solitos. El cuarto grupo tiene el título de los *guapetones*, pues levantan las manos y manotean exigiendo que se haga su voluntad, son expertos en invadir el espacio personal de los demás y hablan a los gritos. No lo piensan dos veces para amenazar a los maestros con llevar el asunto hasta sus supervisores porque es inaudito que su hijo (que caminó a las dos semanas de nacido y hablaba tres idiomas cuando tenía un mes de vida) tenga una B+ en tu clase. El último grupo es el más extraño y con menos miembros. Aquí se encuentran los papás y mamás responsables que admiten las faltas de sus hijos y actúan para corregirlas.

¿Qué hace de estas reuniones un trago tan amargo que los maestros no pueden tolerar? La respuesta no es tan simple. Probablemente es la decepción de ver que las cosas con muchos estudiantes no van a cambiar porque después de conocer a los padres, uno se da cuenta de que el problema no es el estudiante sino el hogar. También es por el hecho de que cuando interactuamos con gente externa como los familiares de los pupilos, nos damos cuenta de que en realidad somos nosotros solos contra el mundo porque nuestra sociedad sigue pensando que nuestro trabajo es facilito y cómodo, con horario de 8.00 am a 3.00 pm y vacaciones de más de un mes. La administración rara la vez da la cara en alguna reunión y dejan al educador solo o sola, en la jaula de los leones. Ninguna clase en la universidad nos enseñó, ni tan siquiera nos advirtió, que la parte más difícil del trabajo era lidiar con los adultos. Todo esto sin mencionar los insultos, golpes, discusiones, malos ratos y humillaciones que muchos hemos recibido en estas conferencias. Sin embargo, estas reuniones son como un pinchazo de inmunidad, como una vacuna pedagógica por así decirlo. Cuando logras salir con vida de la primera, claro que vas a estar exhausto, pero sales con más fuerza. Si decides no renunciar al día siguiente para irte a trabajar a un *fast food*, cada año te pondrás más y más duro, al punto que más o menos para el año número 10 ya deberás ser a prueba de balas, digo de padres y madres.

Fisiología

Creo que fue un error desayunar esa avena, los huevos revueltos y el café sabiendo que venía tarde para el trabajo. Siento un leve deseo de hacer mi descarga mañanera, nada grave, pero son las 7:57 am y los estudiantes están a punto de entrar. No tengo forma de escaparme al baño, así que tendré que aguantar.

8:35 am.

Estoy en medio de mi clase, pero realmente no me puedo concentrar. Siento que los deseos me susurran cada vez más fuerte al oído: "Abre las nalgas, papá, que por ahí vamos". He trincado el botón del recto y estoy más rígido que un gringo bailando salsa. Apenas respiro y doy mi lección, una sílaba por minuto, para evitar que se muevan los intestinos y que la descarga baje.

9:15 am

Es hora de la merienda y no puedo dejar al grupo solo. Ya tengo calambres de tanto trincarme. Los estudiantes me ofrecen de su merienda como de costumbre pero, nada más de ver la comida, siento cómo la tripa se me retuerce y las heces quieren salir como pasta dental expulsada de tubito cuando la aprietas desde abajo.

10:00 am.

He rezado 10 Padrenuestros y le he pedido a las 10.000 Vírgenes que calmen mi fondillo y que me quiten estas ganas hacer el número 2 pero, como soy un pecador, me han ignorado. Me encuentro sudando profusamente y tengo deseos de llorar. Llamé a mi jefa para que enviaran a un maestro sustituto por 5 minutos, pero todos están dando sus clases y nadie puede venir.

11: 05 am.

Me he pasado la última media hora soltando pedos para luego culpar a los estudiantes. "! Les he dicho que en salón no nos echamos pedos. ¡Mejor pídanme permiso para ir al baño!", les digo. Los pobres se acusan unos a otros y siempre carga con la culpa el mismo estudiante, al que todos señalan: "¿Vas a seguir, Luis?" Y él, molesto, les responde: "¡Joder! Les he dicho que no soy yo esta vez".

11:40 am

Definitivamente, para esta hora ya debe haber algún tipo de mancha en mi calzón. Yo me imagino que este dolor que siento es lo más cercano a un parto que un hombre puede experimentar. Por fuera mantengo el semblante, pero por dentro maldigo a las 10.000 Vírgenes y ruego para que me dejen hacer caca. ¡Inodoro o muerte, maldita sea!

12:05 pm

Una gaveta del escritorio, el contenedor de reciclaje, una mochila. Todos los lugares me parecen perfectos para defecar. En la universidad nunca me dijeron que parte de ser maestro implicaba aguantar las ganas de cagar durante horas, en mi contrato tampoco lo estipula. Yo no firmé para esta mierda... literalmente.

12:30 pm.

Suena el timbre de almuerzo y rompiendo todos los récords de Usain Bolt salgo corriendo al baño. Tan pronto me siento, lanzo el grito furioso de un guerrero al que acaban de apuñalar las entrañas. Una sensación majestuosa. Por primera vez en el día, tengo paz.

¿Vale la pena educar?

....
....
....
....
....
....
....
....
....
....
....
....
....
....
....
....
....
....
....
....
....
....
....
....
....
....
....
....
....
....
....

....
....
....
....
....
....
....
....
....
....
....
....
....
....
....
....
....
....
....
....
....
....
....
....
....
....
....
....
....
.... (llene el espacio en blanco).

Método socrático

Google

🔍 Hay que cuestionarlo todo   ✕

Google Search   I'm Feeling Lucky

Google offered in: Español (Latinoamérica)

La excursión

Gracias a Dios ya vamos de regreso. Definitivamente voy a echar de menos mi ojo, pero lo que no deja de darme vueltas en la cabeza es cómo le vamos a explicar a la directora que jamás volveremos a ver al pobre Firulais.

Se supone que sería otra excursión normal, un *fieldtrip* sin pedos, sin problemas. Solo un puñado de maestros que sacaríamos unos cuantos grupos de estudiantes de su entorno controlado, rutinario y seguro para llevarlos a un lugar que los niños no habían visto. ¿Qué podía salir mal? El destino era el santuario de animales que se encuentra al otro lado de la ciudad. A la excursión iría un total de 48 estudiantes acompañados de 4 maestros. A la señora Wilkings, maestra de arte, se le ocurrió que también lleváramos a Firulais, la mascota de la escuela. Firulais era un *bulldog* británico de 9 años que había sido donado al colegio cuando apenas era un cachorro, y se paseaba diariamente por todos los salones orinándose y defecando por todas las esquinas. Claro que a mí me pareció estúpida la idea de llevar un perro a un santuario de animales no domesticados, pero como soy "el nuevo" nadie me quiso escuchar. Reunimos a los estudiantes antes de salir para explicarles que usaríamos el infalible sistema del compañero o *buddy system*. Este consiste en que cada estudiante tiene un compañero de viaje asignado y ambos velan uno por el otro. Aquí realmente fue cuando se comenzó a joder todo. Tan pronto iniciamos, los estudiantes empezaron a quejarse pidiendo cambios. Maestro, yo quiero con fulano, ¿maestra, fulana y yo podemos ir juntas? Y por supuesto, nunca falta el niño o niña con el que nadie se quiere emparejar. Luego de hacer cálculos complejos de aritmética, trigonometría y álgebra, logramos acomodar a todo el mundo con su *buddy*. Todo ese trabajo para que, apenas entramos al autobús, nos percatáramos de que igual los estudiantes habían hecho y deshecho a su antojo, y se habían autoasignado compañeros. Antes de partir, repartimos una pequeña merienda porque el viaje era largo y luego preguntamos si alguno quería ir al baño. Todos contestaron con un rotundo no. Por supuesto, antes de cumplirse veinte minutos de viaje, ya teníamos un conflicto mayor en el bus. Los estudiantes se habían dividido en dos bandos: la mitad quería hacer pipí y amenazaba con mojar los pantalones, la otra mitad tenía hambre y estaba montando en cólera.

Luego de dos tortuosas horas llegamos al santuario de animales. Un lugar muy bonito con todo tipo de animales como perros, gatos, leones, monos, camellos, roedores, cerdos, vacas, peces, reptiles y ahora, estudiantes. Cuando bajamos, Carla y Thomas, dos de nuestros alumnos distinguidos, decidieron irse de paseo sin notificar a nadie. Al ver la jaula de cerdos salvajes, pensaron que debían buscar la manera de dejarlos libres porque se parecían mucho a Pumbaa, el jabalí de *The Lion King*. Los maestros nos dimos cuenta de que algo no andaba bien cuando vimos la estampida de puercos salvajes corriendo detrás de los niños y atacando a los visitantes del santuario mientras trataban de quitarle la comida a la gente. Les aseguro que el recuerdo de cómo un cochino silvestre le mordía la nalga a una gringa mientras esta exclamaba a gritos: "JESUS, HELP MEEE!" no es nada agradable. Los profesores tratamos de colocar a los estudiantes en fila para escapar de manera ordenada y a salvo, pero, por alguna razón que ni tan siquiera los más grandes filósofos han podido comprender, no hay poder humano en este planeta que logre poner a un grupo de alumnos en una fila y que permanezcan así por más de

30 segundos. Los cerdos seguían avanzando y todo el mundo corría por su vida. Steven, el favorito de muchos de los maestros y maestras, decidió tomar a Firulais en sus brazos y echarse a correr. Se deslizó por debajo de un portón y la estampida no pudo alcanzarlo. Pero lo que no sabía Steven es que había entrado en el área de los gorilas y Tamy, la gorila alfa, lo había visto. Yo lo observaba trepado desde un árbol, le gritaba que debía salir de ahí pero el ruido era mucho y él no podía escucharme. Tamy se paró frente a Steven, que del susto se había orinado encima, mientras Firulais no se atrevía ni a ladrar y había comenzado a meter su hocico entre las axilas del niño, en señal de que su cobardía le había hecho reconocer que estaban seriamente jodidos. Con un puñetazo, al mejor estilo Jakie Chan, la gorila le arrebató a Firulais de los brazos, se trepó sobre las ramas y huyó con él. Mientras se alejaban, me fijé que el perro estaba más tieso que una libra de pan después de una semana encima del microondas. Esa fue la última vez que alguien puso ojos sobre el *bulldog* de la escuela.

En un esfuerzo supremo por salvar a algunos estudiantes, Calderón, el maestro de matemáticas, los agarraba por el pelo y los arrojaba a un estanque de agua como si se tratara de un lanzamiento de jabalina. Cierto fue que varios niños y niñas se quedarían calvos pero al menos estarían seguros, pensaba Calderón. Su sensación de victoria duró poco, porque en seguida notó que los estaba arrojando a la laguna de las pirañas. Los empleados del santuario se lanzaron a ayudar a los niños que estaban a punto de ser snack de peces y los fueron sacando uno a uno, pero ya las pirañas habían comenzado a atacar devorando los uniformes escolares. Todos salieron sanos, calvos y desnudos.

Por otro lado, las maestras Wilkings y Castro se habían escondido con sus grupos dentro del mariposario, seguras de que nada peligroso les podría pasar a los chiquitines allí. Lo que ellas no habían advertido es que el mariposario había sido sustituido por un criadero de abejas. Los gritos desesperados de Wilkings: "¡Ay, Dios mío, las tengo dentro del brasier, quítenmelas!" se podían escuchar a kilómetros de distancia. Algunos niños brincaban, otros rodaban por el suelo y otros metían sus manos dentro de su camisa y su ropa interior, en un esfuerzo por quitarse a los insectos de encima. En un acto de desesperación, Castro sacó un pote de Off y comenzó a rociarlo sobre los estudiantes para alejar las abejas pero un pequeño carrito de ventas de carnes desatendido, en medio del caos porcino, fue el acabóse. Castro seguía rociando el repelente y se acercó, precisamente allí, donde quedaba una hornilla del carrito prendida. Una llama de fuego se levantó como un gigante, el carrito de carnes se incendió rápidamente y el fuego se esparció como marejada por las hojas marrones y los suelos áridos. Fue entonces cuando Jocho, como cariñosamente le decimos al chofer del autobús escolar, decidió entrar con el bus para sacarnos del apocalipsis ígneo de cerdos, gorilas y abejas. Los portones estaban cerrados, así que él aceleró y chocó para abrirlos. Al entrar a toda prisa y derribar los portones, Jocho perdió el control y se estrelló contra el hábitat de murciélagos, los cuales escaparon, no antes sin arrojar su guano sobre todo el lugar. Miles de murciélagos defecando sobre todos nosotros que, ahora, además de estar jodidos, también estábamos cagados. El fuego causado por Castro había avanzado y devoraba todo a su paso, incluso consumió una pared de madera que evitaba que los leones tuvieran acceso al exterior. Algunos cerdos se habían quemado con el fuego y el olor a *bacon* era suculento, por lo que el rey de la selva salió de la jaula junto con su manada. Al ver a los felinos gigantes fuera de su área, Genaro, uno de los padres que había decidido ir por su cuenta a la excursión, corrió a buscar a su pequeña entre la multitud. No la encontró y, al verse en peligro, corrió hacia el pabellón de los reptiles para refugiarse dentro de una pecera que vio vacía. Pero la pecera no estaba vacía: adentro se encontraba una bebé boa constrictor, famosa por estrangular a sus presas. Y aunque Genaro no era un alimento propicio para la pequeña boa, esto no impidió que la serpiente intentara devorarlo. La constrictor lentamente entró por sus pantalones, se enroscó en los testículos de Genaro y se comenzó a constreñir. El caballero solo lloró por 15 segundos, luego de eso perdió toda fuerza y de tanto dolor, se retorció primero como víctima de exorcismo, luego como contorsionista de circo y finalmente se desmayó.

El árbol donde me encontraba observándolo todo fue también alcanzado por las llamas. Me arrojé al suelo y comencé a arrastrarme para evitar atraer a los leones, que por el momento estaban entretenidos comiendo cerdos. Seguí arrastrándome hasta que llegué a un lugar un poco apartado con unos agujeros en el suelo: ardillas. Me sentí tranquilo y sin ninguna preocupación porque todos sabemos que las ardillas son animales dulces e inofensivos, ¿cierto? Nada más lejos de la verdad. Las ardillas se arrojaron sobre mí y me mordían todas a la vez. Tenía ardillas en las manos, en los pies, dentro de la ropa y en la cabeza. Una de ellas empezó a abofetearme con sus pequeñas patitas y en uno de sus ataques alcanzó mi ojo. Más tarde me explicarían que esta es la temporada de apareamiento de las ardillas y por esta razón se tornan agresivas, además, les desagrada mucho el olor del guano.

Las autoridades llegaron al santuario y lograron poner a dormir a los animales escapados con dardos tranquilizantes. Por su parte, los bomberos controlaron el fuego y los rescatistas nos pusieron a todos a salvo. Los paramédicos me atendieron y me explicaron que ya no podría ver nunca más por ese ojo y que debería acompañarlos al hospital. Pero yo no podía ir al hospital, yo tenía que llevar a los estudiantes a la escuela y ponchar mi turno para poder cobrar. Wilking, confusa, hablaba por teléfono con la directora, intentando explicarle la situación. Llamada que tuvo por respuesta el anuncio de una inminente suspensión de nuestras labores. Nadie se atrevió a contarle sobre Firulais.

La escuela de los maestros

Uno de los francotiradores apretó el gatillo de su rifle calibre 50. El disparo hizo tanto ruido que los huesos de los muertos enterrados en el patio retumbaron. Estruendo que fue seguido por un silencio tan profundo, que se podían escuchar los latidos de los corazones acelerados de los allí presentes.

3 semanas antes

"Gobierno cierra 250 escuelas para poder salvar el país de la crisis fiscal", "Despiden 3000 maestros", "Extienden a 80 años la edad de retiro para la clase magisterial" eran algunas de las portadas de los principales rotativos del país. Mientras tanto en la escuela Ofelia del Pueblo, de la provincia El Cantaño, los maestros esperaban ansiosos la carta con las noticias que venían del gobierno central. Ya habían cerrado todas las escuelas a 30 kilómetros a la redonda, así que las esperanzas de que su destino fuera diferente eran muy pocas. Reunidos en el famoso *faculty room* estaban todos los maestros, juntos pero no revueltos. La facultad de Artes del Lenguaje, a los que popularmente llamaban "los estirados", se sentó en la parte frontal mirando al resto de reojo y trajo su propio café de Starbucks porque *los gringos lo hacen mejor*. En una esquina, se reunieron los de la facultad de Historia, para que nadie pueda olfatear el olor a ron y cigarros que perpetuamente traían encima. Lo de la facultad de Educación Física, los querendones de la escuela, se sentaron en el centro con sus pantalones cortos y abdómenes abultados de cerveza y puerco asado. Por último, los de Matemáticas y Ciencia, genios de las computadoras y expertos en videos en YouTube, se acomodaron en otra esquina, haciendo chistes incomprensibles para los demás. Y a ese junte se sumó la directora, Miss Skinner, que entró en el salón con paso firme, una gringa que apenas hablaba español pero que el gobierno local había decidido traer para que manejara todas las escuelas de la provincia. "Queridos compañeros —anunció—, llegaron las noticias y como lo esperábamos, han decidido cerrar nuestras instalaciones para venderlas a una compañía destapadora de inodoros. El viernes es el último día, de modo que pueden pasar el lunes próximo a buscar su cheque de liquidación". "¿Qué va a pasar con los estudiantes?" —preguntó alguien al fondo—. "Los estudiantes tendrán que recorrer 45 kilómetros diarios para llegar a la escuela más cercana" —contestó la directora—. La ira, la impotencia, la decepción, la tristeza y todo tipo de frustraciones se apoderaron que aquel salón. La noticia no tardó en llegar a los estudiantes, padres, madres y encargados; quienes igualmente indignados decidieron reunirse en las afueras de la escuela.

2 días después

Hartos de tanto atropello, por primera vez en la historia de la provincia de El Cantaño, los maestros se unieron y luego de debatir por varias horas, decidieron que era el momento de actuar. Ya no tolerarían más injusticias de los poderosos, no iban a permitir que se violentaran más sus derechos ni los de los estudiantes. Tomarían el control de la escuela y lucharían hasta las últimas consecuencias, para que la suya fuese, por fin, la escuela de los maestros. Envalentonados, marcharon juntos hacia la institución. Alfredo Sánchez, maestro de Educación Física, brincó la verja y una vez adentro, con pasos sigilosos de *ninja* experimentado, sorprendió a la directora Skinner y la llevó hasta el portón con las llaves para abrir los candados. Una vez que todos estuvieron dentro, se preguntaron que harían con ella. Decidieron amarrarla a una silla. *"Mother fuckers!"*, gritaba la directora. Entonces, para callarla le taparon la boca con un paño de limpiar el pizarrón y le pusieron tape gris pero, de tanto coraje que tenían, no midieron su fuerza, nadie calculó que se debía dejar un espacio libre en la nariz para que la Miss Skinner pudiera respirar, nadie lo pensó. La pobre, luego de unos minutos, se puso morada y cuando se dieron cuenta, ya era muy tarde. "No hay vuelta atrás" —dijo el profesor Figueroa, maestro de Lengua—. Alfredo Sánchez cavó un agujero en el patio interior de la escuela y arrojó el cuerpo de Skinner. Ninguno sintió remordimiento. El revuelo causado por los acontecimientos llamó la atención de las autoridades y rápidamente llegó la policía. Maestros, padres, madres y estudiantes se encerraron en la escuela y colocaron cadenas en las entradas y salidas. Se armaron con machetes, palos y cuchillos. Nadie salía, nadie entraba. De ahora en adelante, la escuela sería el hogar de toda una comunidad hasta el final de la lucha.

7 días después

La policía seguía frente a la escuela y se comunicaba diariamente con las personas acuarteladas: "Ríndanse y salgan con las manos arriba" —repetían por los altoparlantes—. Adentro del instituto, los maestros continuaban dando clases como si nada hubiera pasado. La escuela se había convertido en una pequeña vecindad. Dormían, comían, se aseaban, vivían dentro de ella. Dora y Menelao, los empleados de mantenimiento que accidentalmente habían quedado encerrados en la escuela, habían notado que la comida del comedor se estaba acabando y secretamente estaban planificando romper las cadenas de los portones para dejar entrar a la policía. Mientras llevaban a cabo su plan, fueron sorprendidos por los padres que vigilaban y en medio del confuso forcejeo, una tragedia se sumó a la ya amarga situación. El cuerpo de Menelao cayó sobre el suelo con la cabeza desfigurada. Un bate de madera lleno de sangre fue testigo de cómo Menelao perdía su vida. Asustada, Dora corría para escapar de los padres y madres que la perseguían. En medio de la oscuridad de la noche, el miedo se apoderó de los miembros de la policía y alguien disparó su pistola, alguien. Por unos segundos, Dora se quedó de pie mirando el horizonte negro con un agujero en el pecho por donde se le escapaba la vida. Alfredo cavó dos agujeros más en el patio de la escuela.

3 días después

La noticia de los maestros se había esparcido por todo el país de Puerto Pobre. Medios noticiosos y miles de personas acampaban alrededor del plantel escolar. La escuela Ofelia Del Pueblo se había convertido es un símbolo de lucha y discordia, había dividido la opinión de un país. Algunos veían a los maestros y a la comunidad como héroes nacionales mientras que otros los tildaban de terroristas. Secretamente, utilizando las alcantarillas, los simpatizantes de la causa de los maestros, les hacían llegar alimentos y suministros. Como era de esperarse, la presidenta de Puerto Pobre, María Muñoz, fue hasta la escuela y decidió dirigirse hacia la comunidad: "Queridos hermanos y hermanas del pueblo puertopobrense, esta no es la solución a nuestros problemas. Debemos negociar. Salgan y conversemos. Si se rinden ahora y entregan sus armas, les prometemos que nadie será arrestado, que todos conservarán su trabajo y que la escuela permanecerá abierta". Adentro, se reunieron los líderes y facultativos para discutir sobre la oferta hecha por la presidenta pero casi unánimemente decidieron que permanecerían juntos y fuertes, porque no se trataba solo de ellos; su lucha ya no era solo por la escuela Ofelia Del Pueblo, su lucha era por todos los estudiantes y docentes de la nación. Joe, el maestro de Historia de 6to año, un alcohólico y veterano de las fuerzas armadas, comenzaba a sentir que el peso de la situación se ceñía sobre su pecho como una piedra estancada en el río que no deja correr el agua. Por las noches, tenía pesadillas y a pesar de que por la alcantarilla habían logrado pasarle un poco del *whisky* que había pedido, no lograba conseguir paz. La respuesta de los maestros no se hizo esperar: "Honorable, la única forma en la que saldremos de aquí es si usted nos asegura que ya no cerrará más escuelas, que ya no dejará más niños sin educación, que ya no dejará a ningún maestro sin retiro ni plan de salud". La presidenta contestó: "Me temo que eso no será tan fácil". "Pues entonces —replicaron los maestros al unísono— vuelva a su fortaleza con sus funcionarios que no funcionan y sus promesas que nunca se cumplen". Ardida en coraje, la presidenta le ordenó a su ministro de defensa: "¡Traigan en el ejército y derriben esos portones!".

5 días después

Joe se asomaba desde la ventana de su salón, que daba directamente al patio, y observaba claramente las tres tumbas. Su mano había sido la única en alto para votar a favor de una rendición temprana. La carga era mucha esta vez, imposible sostenerla. Una soga amarrada del techo y puesta sobre su cuello fue la herramienta que eligió el hombre —otrora considerado como un héroe— para callar su dolor. Alfredo cavó un cuarto agujero, pero esta vez no fue solo sino que lo acompañaron todas las facultades que, por segunda vez en la historia de la escuela Ofelia Del Pueblo, se habían unido en un mismo sentimiento. Cayeron tantas lágrimas por el viejo Joe que la hierba del patio reverdeció. Nadie dijo una sola palabra.

4 días después

La tierra temblaba por el paso de los tanques de guerra. El zumbido de las hélices de los helicópteros anunciaba la llegada del ejército nacional de la república de Puerto Pobre. La infantería venía marchando con sus rifles M-17 y sus AQ-47. Los francotiradores se acomodaban en los techos de los edificios aledaños y apuntaban a todo lo que se moviera dentro del plantel escolar. El comandante del ejército se dirigió hacia la comunidad, tal como lo habían hecho la policía y la presidenta: "Salgan todos con las manos en alto, de lo contrario, utilizaremos la fuerza y derribaremos las verjas y los muros". Nuevamente reunidos en el interior, los atrincherados decidieron que continuarían firmes pero esta vez, permitirían a los niños salir de la escuela. Quitaron las cadenas de la entrada principal y los vieron irse en fila, no antes sin asignarles tarea. Una vez que el último alumno hubo salido, cerraron los portones y se comunicaron con el comandante: "¡Señor general o coronel o cualquier pendejada que sea usted, váyase al carajo, usted, su ejército y la presidenta de la república también!" —gritó una voz desde adentro—. El comandante dio la orden. Uno de los francotiradores fue el primero en apretar el gatillo. La bala traspasó la pared y quien estaba detrás de ella cayó al suelo sin vida inmediatamente. Silencio. Los tanques derribaron los muros y las verjas, y entraron dándole paso a la infantería. Todos dentro de la escuela se armaron con sus machetes y sus palos y sus cuchillos, y salieron a pelear. Los soldados apuntando a la muchedumbre que corría hacia ellos, abrieron fuego una y otra vez y, como un telón que baja en medio de una obra de teatro, fueron cayendo los cuerpos de la comunidad de la provincia de El Cantaño hasta que no quedó nadie de pie.

11 horas depués

Trajeron camiones con palas mecánicas que cavaron un enorme agujero en el patio central de la escuela Ofelia Del Pueblo. En una fosa común, arrojaron todos los cuerpos. En la cima de la montaña de cadáveres, estaba Alfredo Sánchez, el maestro de Educación Física.

Biografía del autor

JOE AGRONT MALDONADO (Bayamón, Puerto Rico, 1987) es hijo de Cristina Maldonado y el menor de 5 hermanos. La dislexia, sumada a otros problemas de aprendizaje, hizo que su travesía por las escuelas fuera siempre cuesta arriba. De joven, se interesó por las artes culinarias y tomó algunos cursos de preparación de alimentos y postres, así como también de pintura y dibujo. En 2010, se graduó de la Universidad de Puerto Rico con un Bachillerato en Educación y ejerció como maestro brevemente. Luego se unió a las fuerzas armadas y en el 2014, al culminar sus días en el ejército, se reincorporó como educador. En el 2018, se graduó de la Universidad Interamericana con un Bachillerato en Ciencias de la Enfermería. Actualmente se desempeña como maestro de Historia.

Índice

CPSIA information can be obtained
at www.ICGtesting.com
Printed in the USA
BVHW030242140421
604817BV00006B/304